¿Dónde está la REINA?

Mª Àngels Comella

SerreS

¡Hola!, me llamo Sofía. Esta es mi abuela y estos son el cuervo Rocco y Gan, el dragón: son nuestros animales de compañía. Siempre jugamos los cuatro juntos. Mi abuela, como es muy mayor (¡tiene más de 400 años!), sabe un montón de juegos.

Un día la abuela me enseñó una joya que brillaba muchísimo.
—¡Qué bonita es! ¿De dónde la has sacado?
—Gan la encontró en el jardín.

—Abuela, ¿podemos quedárnosla? —le pregunté ilusionada.

—No, Sofía, tenemos que devolverla a su dueña que estará muy triste por haberla perdido —dijo la abuela.

—Pero, ¿tú sabes de quién es?

—Claro, hija, es de la reina Mariana que vivió en España hace más de trescientos años.

—Y ¿cómo vamos a llegar hasta allí?

—Pues viajando al pasado —dijo tranquilamente la abuela.

Tomó su escoba y nos montó en ella.

Por fin llegamos a un lugar oscuro. Todo era muy antiguo. Y se oían voces de mujeres que cantaban y reían.

Gan caminaba detrás de nosotras, muy asustado.

—Mira por allí a ver si encontramos a la reina —me susurró la abuela.

—Abuela, mira.

¡Está lleno de ventanas!

¡Cuidado! ¡Cuidado!

Rocco se adelantó volando y
las abrió todas. Y allí había...

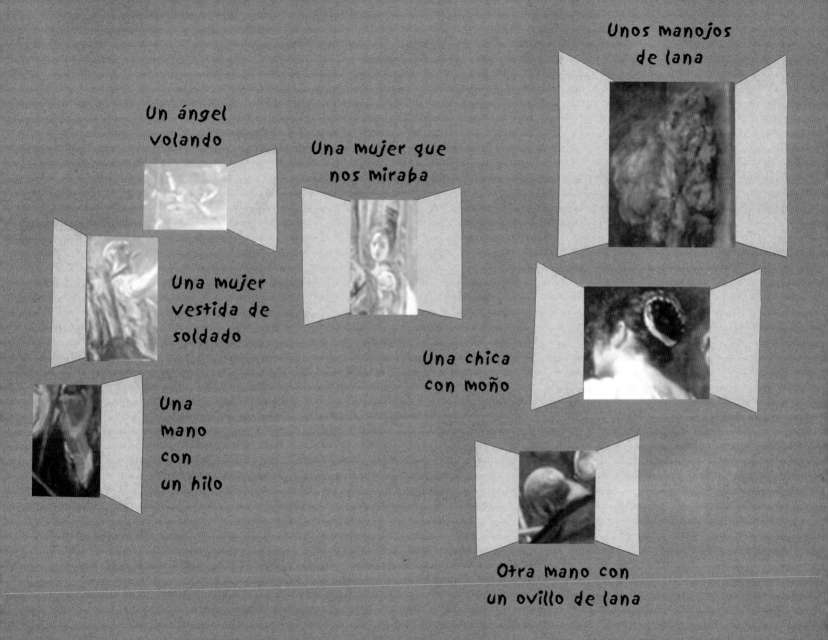

Un ángel
volando

Una mujer que
nos miraba

Unos manojos
de lana

Una mujer
vestida de
soldado

Una chica
con moño

Una
mano
con
un hilo

Otra mano con
un ovillo de lana

—¡Estará la reina detrás de estas ventanas? —grité excitada.

Detrás de las ventanas había mucho
jaleo. Unas mujeres estaban tejiendo
un gran tapiz que se veía al fondo.
—Perdonen, ¿podrían decirnos si se
encuentra aquí la reina Mariana?
—preguntó la abuela.
—La reina está en palacio
—respondió una mujer sin dejar
de hacer girar la rueca.

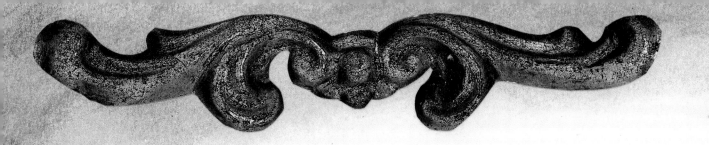

El palacio era muy grande y silencioso, sólo se oían nuestros pasos.
De pronto sonaron campanillas y cascabeles, y entramos en una
habitación muy alegre y calentita.
Gan iba ahora el primero como si hubiese encontrado algo.

¿Qué le
ocurre a
Gan?

Abuela,
ha encontrado...
¡más ventanas!

Rocco revoloteaba
sobre cada una de ellas.

En una se
veían los ojos
de un niño

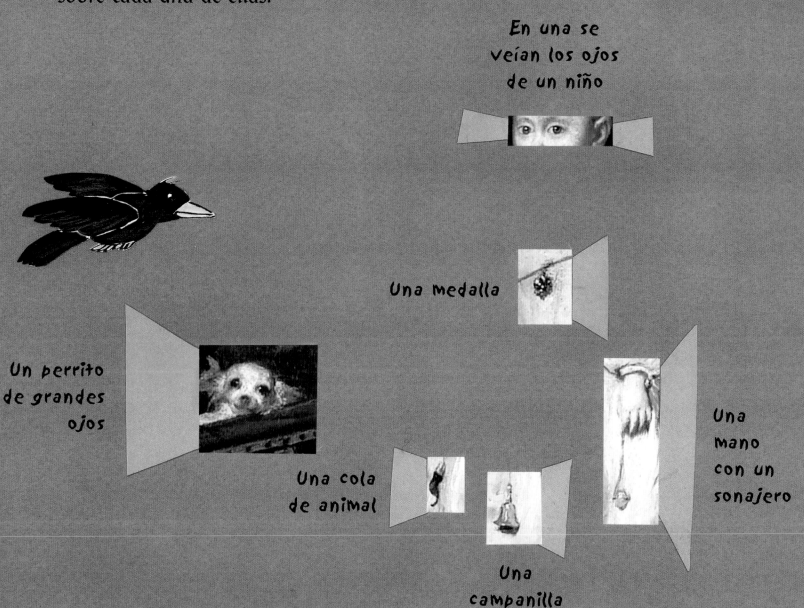

Una medalla

Un perrito
de grandes
ojos

Una cola
de animal

Una
campanilla

Una
mano
con un
sonajero

—¿Quién está ahí detrás? —pregunté con gran curiosidad.

Al otro lado, había un niño pequeño con un lujoso traje lleno de colgantes.

—Sofía, este es el infante don Felipe, es el hijo del rey —me explicó la abuela.

—¿Y por qué lleva esas cosas colgando del vestido?

—Son para protegerse de las enfermedades.

Yo quería jugar con aquel niño, pero hacía mucho calor; Gan se puso a gruñirle al perrito, y la abuela nos sacó de allí.

¡Vamos!, Gan

Grr, grr...

¡Qué perro
tan bonito!

Atravesamos varias salas vacías con
techos muy altos. Hacía frío y nuestras
voces resonaban en las paredes.
—Abuela, estoy cansada.
—Ten paciencia, creo que hemos encontrado
algo —dijo cariñosa la abuela—. ¿Qué ves allí?

¡Son más
ventanas,
abuela!

–¡Cras, cras! –gritaba Rocco para que nos acercáramos a ver lo que se escondía tras ellas...

Un señor de negro

Una niña rubia

Una mano con anillo y brazalete

Un colgante parecido al nuestro

Un jarrito rojo

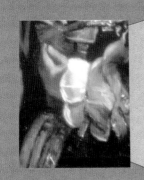

Y un perro durmiendo sobre el que se apoyaba un pie

¡Estará, por fin, aquí la reina? –dije ansiosa.

En aquella sala había un grupo de personas que rodeaban a una niña muy rubia que nos miraba.

—¿Cómo te llamas? —le pregunté.

—Margarita —me contestó.

Le mostré el colgante y le dije si sabía a quién pertenecía.

—Claro, es de mi mamá. Mi mamá es la reina.

—¿Y sabes dónde está ahora? Queremos devolvérselo.

—Está allí, con mi papá. Los puedes ver reflejados en el espejo.

Rocco, Gan, ¡Volver aquí!

Miramos al espejo, pero
habían desaparecido.

—¡Esperen! ¡Esperen, majestades!

—gritamos corriendo tras ellos.

Atravesamos grandes salones con enormes cuadros
colgados de las paredes. En algunos se veían gentes luchando.
La abuela me explicó que en aquella época habían muchas
guerras.

—¡Esperen, por favor! —gritamos de nuevo.
De repente, oímos el rugido de un león, y nos
quedamos quietos, muertos de miedo.

¡Majestades!

¡Espera,
abuela!

¿Qué ha
sido eso!

Rocco, que iba el primero,
empezó a buscar y descubrió
nuevas ventanas.

En una se
veían unos
bigotes

En otras habían
extraños guantes

En otra
un casco

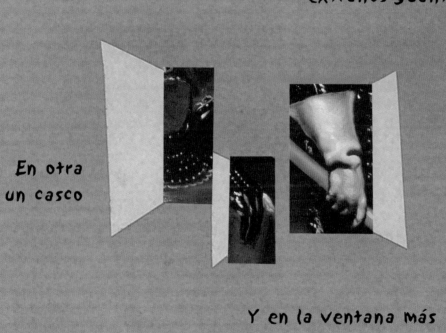

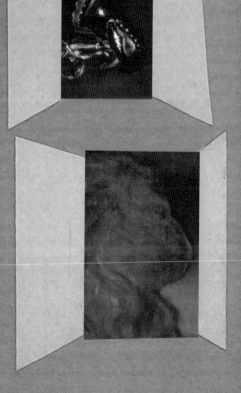

Y en la ventana más
grande estaba la
cabeza del león que
nos había asustado

Pero ¿dónde estaba la reina?

La abuela miró detrás de las ventanas y vio al rey Felipe IV.

—¡Qué hacéis aquí? —preguntó el rey muy enfadado.

—Majestad, ¡sabéis dónde está la reina! —respondió la abuela temblando.

¡Adiós!, Majestad

¡Ay! ¡Qué susto!

El rey nos miró
muy serio y dijo:
—Hace un rato estaba
conmigo. Pero se ha
retirado a sus
habitaciones.
Y con voz autoritaria
nos ordenó que lo
dejáramos solo:
—Fuera de aquí. Tengo
muchos asuntos que
resolver. Mi reino está
en guerra.

—Será mejor que nos
vayamos —me susurró
la abuela.

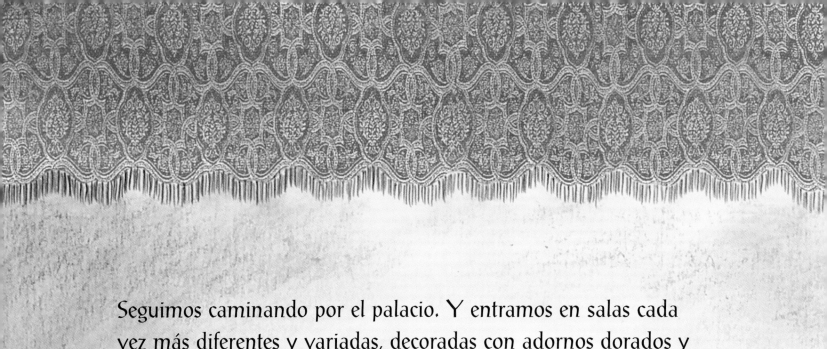

Seguimos caminando por el palacio. Y entramos en salas cada vez más diferentes y variadas, decoradas con adornos dorados y rojos y con un suave perfume que lo llenaba todo. ¡Estábamos aproximándonos a las habitaciones de la reina!

La abuela me contó que a la reina le gustaba vestir a la moda, y se gastaba mucho dinero en trajes y joyas, que lucía en las numerosas fiestas que organizaba.

—Pero, a pesar de ello —concluyó la abuela—, la reina siempre está triste y a menudo prefiere quedarse sola.

Gan, corre.
No te entretengas

Frente a nosotros se
abrían unas ventanas con...

Flores
rojas

Un reloj
de oro

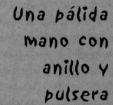

Una pálida
mano con
anillo y
pulsera

Otra mano
con un
pañuelo
blanco

¡Seguro
que aquí
está la
reina!

Y en la de abajo había unos
bonitos adornos en forma de
cadenas plateadas

Entramos en una gran sala
que olía a perfume y tenía unos
altos cortinajes. Ante nosotros estaba...
¡LA REINA MARIANA!
La abuela se quitó el sombrero y haciendo
una reverencia saludó:
—¡Buenos días, majestad!
—¡Buenos días! —respondió la reina— ¡Por ventura
sois mis nuevas camareras? Ayer
despedí a las otras porque fueron
incapaces de encontrar mi
colgante
preferido.

–Majestad, no somos vuestras camareras; pero hemos encontrado vuestro colgante –dijo solemne la abuela–. ¡Aquí lo tenéis!

–¡Oh! ¡Muchas gracias! –dijo la reina poniéndose la joya.

Sofía, saluda y quítate el sombrero

Humm, huele bien este vestido

–¡Misión cumplida! –anunció la abuela satisfecha–. Ahora tenemos que irnos, es ya muy tarde.

–¡Vaya! ¡Cómo pasa el tiempo! –dijo la reina–, –debo marcharme a dar mi paseo.

Y se fue contenta
con su colgante
en el cuello a
disfrutar del
hermoso día de
primavera.
La abuela sacó su
escoba, nos subió
en ella y nos
fuimos volando
de regreso a casa.

Llegamos justo a la hora de la merienda. Y, mientras tomábamos un chocolate caliente, le dije a la abuela:
—Me ha encantado esta aventura.
—A mí también, hijita, pero ya es hora de que te pongas a hacer tus deberes.
—Sí, pero antes tengo algo muy importante que hacer.
—¿Qué es? —preguntó la abuela muy curiosa.

Voy a escribir un anuncio para el periódico

Se necesitan dos camareras para la reina Mariana. Si a alguna bruja le interesa tiene que viajar al siglo diecisiete. Tiene que buscar el palacio real que está en Madrid, y allí encontrará a la reina.

Si queréis más información podéis escribir a:

Sofía y Abuela
Calle La Luna nº 13

Obras de

Diego Velázquez, que en realidad se llamaba Diego Rodríguez de Silva y Velázquez, nació en Sevilla en 1599, es decir, dos años antes de que empezara el siglo XVII, el siglo barroco por excelencia. Aunque sus primeras obras destacaban por la oscuridad de sus colores (influido por la forma de pintar del recién finalizado siglo XVI), pronto la luz empezó a penetrar a raudales en sus cuadros gracias a la influencia que ejerció en él otro pintor llamado Rubens, con el cual entabló una gran amistad.

A la edad de 24 años (es decir, en 1623), Velázquez fue nombrado pintor de cámara del rey Felipe IV. Su misión consistía en pintar a la familia real y a personas ilustres allegadas a la corte. La forma de pintar de Velázquez, así como su manera de organizar las escenas que debía plasmar en las telas, era muy original y si no llega a ser por la gran estima que el rey tenía en su talento y la enorme fama de que gozaba como artista, más de una vez le habrían sido devueltos algunos de sus cuadros. Diego Velázquez murió en 1660.

Las Hilanderas
1653 c.
Óleo sobre lienzo,
220 x 289 cm
Museo del Prado
(Madrid)

Velázquez reúne con gran maestría varias escenas en una sola tela que ofrecen al espectador lecturas simultáneas. En primer lugar, se pueden ver unas mujeres, las hilanderas, ejerciendo tareas propias de un taller de tapices. A la izquierda de la tela, la escalera como símbolo del infinito. Mientras, unas visitantes contemplan el tapiz, quizás con intención de adquirirlo. Este tapiz, que ocupa el fondo de la tela, representa el mito de Aracne, la muchacha que fue convertida en araña por la diosa Atenea como castigo por haber osado competir con ella en el arte de tejer. Al referirse a este mito griego, ¿quería el pintor decirnos algo?

El infante Felipe Próspero
1659
Óleo sobre lienzo, 129 x 99,5 cm
Museo Kunsthistorisches (Viena)

Este es el único retrato que existe de este príncipe cuyo destino era llegar a ser rey de España, cosa que no fue posible debido a su prematura muerte, pues sólo vivió 3 años. Aunque en la mirada del infante se nota cierta languidez (propia de un niño enfermizo), su rostro está lleno de inocencia. Los numerosos colgantes que penden por el vestido del real niño son fruto de los usos y costumbres de esta centuria. En aquel tiempo las ciencias, y con ellas la medicina, estaban muy poco desarrolladas y los remedios que se usaban para protegerse de las enfermedades nos parecen, hoy, más cercanos a la magia que a la ciencia. ¡También el perro estaba enfermo o simplemente su aspecto y su pose lánguida se deben al entorno que le rodeaba a él y a su amo!

VELÁZQUEZ

Las Meninas
1656
Óleo sobre lienzo,
310 x 276 cm
Museo del Prado (Madrid)

La luz que se percibe en el centro del cuadro pretende poner de relieve la verdadera protagonista de la reunión: la infanta Margarita, hermana de Felipe Próspero e hija de la reina Mariana y del rey Felipe IV. Algo más apagadas nos aparecen las figuras de las *meninas* (nombre con el que se conocían las damas de compañía de la real niña), el bufón, la enana, el perro, es decir, el séquito de la infanta. El resto de personajes que no pertenecen al entorno directo de Margarita se hallan algo más alejados y sus figuras parecen emerger de la penumbra. Entre ellos, cabe destacar al propio artista en plena tarea de pintar y también a los reyes. Pero ¿dónde estarían realmente situados éstos puesto que su imagen se refleja en el espejo del fondo de la sala?

La rendición de Breda o El cuadro de las lanzas
1633-1635
Óleo sobre lienzo,
307 x 367 cm
Museo del Prado (Madrid)

Esta pintura presenta la cara y la cruz de la guerra. Por un lado, el alto mando del ejército vencido hace entrega de la llave de la ciudad de Breda a su homónimo del ejército vencedor haciendo gala de una actitud de resignada aceptación. Entre ambos personajes y sus séquitos reina una aparente tranquilidad y armonía impropias de dos ejércitos enemigos. Sin embargo, al fondo del cuadro, se ven imágenes que sugieren la existencia de poblaciones saqueadas a punta de armas y destruidas por la fuerza del fuego del ejército vencedor. ¿Pretendía el pintor provocar una reflexión acerca de los efectos devastadores de la guerra?

Felipe IV armado, con león a los pies
1652 c.
Óleo sobre lienzo, 231 x 131 cm
Museo del Prado (Madrid)

A pesar de su porte marcial, a pesar de las regias vestiduras que le adornan, a pesar del arma que empuña la mano del monarca, su cara refleja preocupación por la situación general del reino. En efecto, España, en este siglo XVII, se hallaba por doquier amenazada y entregada a una interminable sangría de guerras y batallas. Aunque ni el pintor ni el propio monarca podían saberlo, los acontecimientos que estaban teniendo lugar eran el principio del fin de la bonanza económica y del poder político de que gozaba el reino. ¡Fue idea del pintor colocar al lado del monarca el león, el rey de los animales! ¡Lo hizo para realzar la figura del propio rey!

Reina Mariana de Austria
1652
Óleo sobre lienzo, 231 x 131 cm
Museo del Prado (Madrid)

Mariana de Austria y Felipe IV se casaron cuando ella contaba 16 años y él muchos más. Como tantas otras, la suya fue una boda de conveniencia. Cuentan que con el fin de olvidar la pérdida de su juventud, la reina Mariana organizaba constantemente fiestas y banquetes en la corte, actos a los que acudía lujosamente vestida. Pero para no causar mala impresión entre sus invitados (pues en España se empezaba a notar la decadencia económica), ordenó la reina que los adornos de sus vestidos fuesen de plata. No así el colgante que protagoniza el libro, que es de oro. Junto a la reina hay un reloj ¿será la presencia de este aparato medidor una forma de recordarnos que el tiempo transcurre para todos igual, seamos ricos o pobres, reyes o vasallos?